태양의 풍속

태양의 풍속

김기림 지음

한국 시집 초간본 100주년 기념판 — 바람

일러두기

1. 이 책의 텍스트는 1939년 9월 25일에 발행된 『태양의 풍속』의 초간본이다.
2. 표기는 원칙적으로 현행 맞춤법에 따랐다. 그러나 특별한 시적 효과와 관련된다고 판단되는 경우는 원문의 표기를 그대로 두었다.
3. 한자는 한글로 고치되, 꼭 필요한 경우는 괄호 처리 하였다.
4. 편자 주는 모두 후주로 처리하였다.
5. 한 편의 시가 다음 면으로 이어질 때 연이 나뉘면 첫 번째 행 상단에 줄 비움 기호(>)를 넣어 구분하였다.

어떤 친한 〈시의 벗〉에게

드디어 이 책은 완성된 질서를 갖추지 못하였다. 방황 돌진 충돌 그러한 것들로만 찬 어쩌면 이렇게도 야만한 토인의 지대냐?

그러면서도 내가 권하고 싶은 것은 의연히 상봉(相逢)이나 귀의(歸依)나 원만(圓滿)이나 사사(師事)나 타협의 미덕이 아니다. 차라리 결별을 — 저 동양적 적멸로부터 무절제한 감상의 배설로부터 너는 이 즉각으로 떠나지 않아서는 아니 된다.

탄식. 그것은 신사와 숙녀 들의 오후의 예의가 아니고 무엇이냐? 비밀. 어쩌면 그렇게도 분 바른 할머니인 십구세기적 비너스냐? 너는 그것들에게서 지금도 곰팡이의 냄새를 맡지 못하느냐?

그 비만하고 노둔(魯鈍)한 오후의 예의 대신에 놀라운 오전의 생리에 대하여 경탄한 일은 없느냐? 그 건강한 아침의 체격을 부러워해 본 일은 없느냐?

까닭 모르는 울음소리, 과거에의 구원할 수 없는 애착과 정돈. 그것들 음침한 밤의 미혹과 현훈(眩暈)에 너는 아직도 피로하지 않았느냐?

그러면 너는 나와 함께 어족(魚族)과 같이 신선하고 깃발과 같이 활발하고 표범과 같이 대담하고 바다와 같이 명랑하고 선인장과 같이 건강한 태양의 풍속을 배우자.

나도 이 책에서 완전히 버리지 못하였다마는 너는 저 운문이라고 하는 예복을 너무나 낡았다고 생각해 본 일은 없느냐? 아무래도 그것은 벌써 우리들의 의상이 아닌 것 같다.

나는 물론 네가 이 책을 사랑하기를 바란다. 그러나 영구히 너의 사랑을 받기를 두려워한다. 혹은 네가 이 책만 두고두고 사랑하는 사이에 너의 정신이 한곳에 멈춰 설까 보아 두려워하는 까닭이다.

네가 알다시피 이 책은 소화(昭和) 오 년 가을로부터 소화 구 년 가을까지의 동안 나의 총망한 숙박부에 불과하다. 그러니까 내일은 이 주막에서 나를 찾지 말아라. 나는 벌써 거기를 떠나고 없을 것이다.

어디로 가느냐고? 그것은 내 발길도 모르는 일이다. 다만 어디로든지 가고 있을 것만은 사실일 게다.

1934. 10. 15. 저자

마음의 의상(衣裳)

화술

1. 오후의 예의

2. 길에서(제물포 풍경)

함경선 오백 킬로 여행 풍경

3. 오전의 생리

속도의 시

시네마 풍경

삼월의 시네마

앨범

식료품점

이동건축(移動建築)

마음의 의상(衣裳)

태양의 풍속

태양아

다만 한 번이라도 좋다. 너를 부르기 위하여 나는 두루미의 목통을 빌어 오마. 나의 마음의 무너진 터를 닦고 나는 그 위에 너를 위한 작은 궁전을 세우련다. 그러면 너는 그 속에 와서 살아라. 나는 너를 나의 어머니 나의 고향 나의 사랑 나의 희망이라고 부르마. 그리고 너의 사나운 풍속을 좇아서 이 어둠을 깨물어 죽이련다.

태양아

너는 나의 가슴속 작은 우주의 호수와 산과 푸른 잔디밭과 흰 방천(防川)에서 불결한 간밤의 서리를 핥아 버려라. 나의 시냇물을 쓰다듬어 주며 나의 바다의 요람을 흔들어 주어라. 너는 나의 병실을 어족(魚族)들의 아침을 데리고 유쾌한 손님처럼 찾아오너라.

태양보다도 이쁘지 못한 시(詩). 태양일 수가 없는 서러운 나의 시를 어두운 병실에 켜놓고 태양아 네가 오기를 나는 이 밤을 새워 가며 기다린다.

기차

레일을 쫓아가는 기차는 풍경에 대하여도 파랑빛의 로맨티시즘에 대하여도 지극히 냉담하도록 가르쳤나 보다. 그의 끝없는 여수를 감추기 위하여 그는 그 붉은 정열의 가마 위에 검은 강철의 조끼를 입는다.

내가 식당의 메뉴 뒷등에

(나로 하여금 저 바닷가에서 죽음과 납세와 초대장과 그 수없는 결혼식 청첩과 부고 들을 잊어버리고

저 섬들과 바위의 틈에 섞여서 물결의 사랑을 받게 하여 주옵소서)

하고 시를 쓰면 기관차란 놈은 그 둔탁한 검은 갑옷 밑에서 커다란 웃음소리로써 그것을 지워 버린다.

나는 그만 화가 나서 나도 그놈처럼 검은 조끼를 입을까 보다 하고 생각해 본다.

오후의 꿈은 날 줄을 모른다

날아갈 줄을 모르는 나의 날개.

나의 꿈은
오후의 피곤한 그늘에서 고양이처럼 졸리다.

도무지 아름답지 못한 오후는 꾸겨서 휴지통에나 집어 넣을까?

그래도 지문학(地文學)의 선생님은 오늘도 지구는 원만(圓滿)하다고 가르쳤다나. 갈릴레오의 거짓말쟁이.

홍 창조자를 교수대에 보내라.

하느님 단 한 번이라도 내게 성한 날개를 다오. 나는 화성(火星)에 걸터앉아서 나의 살림이 깨어진 지상(地上)을 껄 껄 껄 웃어 주고 싶다.

하느님은 원 그런 재주를 부릴 수 있을까?

연애의 단면

애인이여

당신이 나를 가지고 있다고 안심할 때 나는 당신의 밖에 있습니다.

만약에 당신의 속에 내가 있다고 하면 나는 한 덩어리 목탄에 불과할 것입니다.

당신이 나를 놓아 보내는 때 당신은 가장 많이 나를 붙잡고 있습니다.

애인이여

나는 어린 제비인데 당신의 의지는 끝이 없는 밤입니다.

화물 자동차

작은 등불을 달고 굴러가는 자전차의 작은 등불을 믿는 충실한 행복을 배우고 싶다.

만약에 내가 길거리에 쓰러진 깨어진 자전차라면 나는 나의 노트에서 장래라는 페이지를 벌써 지워 버렸을 텐데……

대체 자정이 넘었는데 이 미운 시를 쓰느라고 베개로 가슴을 고인 동물은 하느님의 눈동자에는 어떻게 가엾은 모양으로 비칠까? 화물 자동차보다도 이쁘지 못한 사족수(四足獸).

차라리 화물 자동차라면 꿈들의 파편을 걷어 싣고 저 먼 항구로 밤을 피하여 가기나 할 터인데…….

해상(海上)

SOS

오후 여섯 시 삼십 분.

돌연

어둠의 바다의 암초에 걸려
지구는 파선했다.

「살려라」

나는 그만 그를 건지려는 유혹을 단념한다.

대중화민국 행진곡

대중화민국(大中華民國)의 장군들은
칠십오 종의 훈장과 청룡도를
같은 풀무에서 빚고 있습니다.

「엑 군사들은 무덤의 방향을 물어서는 못써. 다만 죽기만 해. 그때까지는 아편이 여기 있어. 대장의 명령이야……
엇둘……둘……둘」

「대중화민국의 병졸 귀하
부디 이 빛나는 훈장을 귀하의 해골의 늑골에 거시고
쉽사리 천국의 문을 통하옵소서. 아—멘.
엇둘
엇둘」

해도(海圖)에 대하여

산봉우리들의 나직한 틈과 틈을 새어 남빛 잔으로 흘러 들어오는 어둠의 조수(潮水). 사람들은 마치 지난밤 끝나지 아니한 약속의 계속인 것처럼 그 칠흑의 술잔을 들이켠다. 그러면 해는 할 일 없이 그의 희망을 던져 버리고 그만 산모롱이로 돌아선다.

고양이는 산기슭에서 어둠을 입고 쪼그리고 앉아서 밀회를 기다리나 보다. 우리들이 버리고 온 행복처럼……. 석간 신문의 대영제국의 지도 위를 도마뱀처럼 기어가는 별들의 그림자의 발자국들. 미스터 볼드윈의 연설은 암만 해도 빛나지 않는 전혀 가엾은 황혼이다.

집 이층집 강(江) 웃는 얼굴 교통순사의 모자 그대와의 약속…… 무엇이고 차별할 줄 모르는 무지한 검은 액체의 범람 속에 녹여 버리려는 이 목적이 없는 실험실 속에서 나의 작은 탐험선(探險船)인 지구가 갑자기 그 항해를 잊어버린다면 나는 대체 어느 구석에서 나의 해도를 편단 말이냐?

비

굳은 어둠의 장벽을 시름없이 노크하는 비들의 가벼운 손과 손과 손과 손……

그는 아스팔트의 가슴속에 오색의 감정을 기르며 온다.

대낮에 우리는 아스팔트에게 향하여
〈액 둔한 자식 너도 또한 바위의 종류구나〉 하고 비웃었다.
그렇지만 지금 우두커니 하늘을 쳐다보는
눈물에 어린 그 자식의 얼굴을 보렴.

루비 에메랄드 사파이어 호박 비취 야광주(夜光珠)……
아스팔트의 호수면(湖水面)에 녹아 내리는 네온사인의 음악.
고양이의 눈을 가진 전차들은(대서양을 건너는 타이타닉호처럼)
구원할 수 없는 희망을 파묻기 위하여 검은 추억의 바다를 건너간다.

>

그들의 구조선인 듯이
종이 우산에 맥없이 매달려
밤에게 이끌려 헤엄쳐 가는 어족(魚族)들
여자 —
사나이 —
아무도 구원(救援)을 찾지 않는다.

밤은 심해의 돌단(突端)에 좌초했다.
SOSOS
신호는 해상에서 지랄하나
어느 무전대(無電臺)도 문을 닫았다.

방

땅 위에 남은 빛의 최후의 한 줄기조차 삼켜 버리려는 검은 의지에 타는 검은 욕망이여

나의 작은 방은 등불을 켜 들고 그 속에서 술 취한 윤선(輪船)과 같이 흔들리고 있다.

유리창 너머서 흘기는 어둠의 검은 눈짓에조차 소름 치는 겁 많은 방아.

문틈을 새어 흐르는 거리 위의 옅은 빛의 물결에 적셔지며

흘러가는 발자국들의 포석을 때리는 작은 음향조차도 어둠은 기르려 하지 않는다.

아름다운 푸른 그림자마저 빼앗긴

거리의 시인 포플러의 졸아든 몸뚱아리가 거리가 꾸부러진 곳에서 떨고 있다.

아담과 이브 들은

〈우리는 도시 어둠을 믿지 않는다〉고 입과 입으로 중얼거리며 층층계를 내려간 뒤

지하실에서는 떨리는 웃음소리 잔과 잔이 마주치는 참담한 소리……

높은 성벽 꼭대기에서는

꿈들을 내려보내는 것조차 잊어버린 별들이 절망을 안고 졸고들 있다. 나는 불시에 나의 방의 작은 속삭임 소리에 놀라서 귀를 송긋인다.

—어서 밤이 새는 것을 보고 싶다—

—어서 새날이 오는 것을 보고 싶다—

가을의 과수원

어린 곡예사인 별들은 끝이 없는 암흑의 그물 속으로 수없이 꼬리를 물고 떨어집니다. 포플러의 나체는 푸른 저고리를 벗기고서 방천 위에서 느껴 웁니다. 과수원 속에서는 임금(林檎)나무들이 젊은 환자와 같이 몸을 부르르 떱니다. 무덤을 찾아다니는 잎 잎 잎……

서(西) 남(南) 서(西)

바람은 아마 이 방향에 있나 봅니다. 그는 진둥나무의 검은 머리채를 찢으며 아킬레스의 다리를 가지고 쫓겨 가는 별들 속을 달려갑니다. 바다에서는 구원을 찾는 광란한 기적 소리가 지구의 모든 철요면(凸凹面)을 굴러갑니다. SOS · SOS. 검은 바다여 너는 당돌한 한 방울의 기선마저 녹여 버리려는 의지를 버리지 못하느냐? 이윽고 아침이 되면 농부들은 수없이 떨어진 별들의 슬픈 시체를 주우러 과일밭으로 나갑니다. 그리고 그 기적적인 과일들을 수레에 싣고는 저 오랜 동방의 시장 바그다드로 끌고 갑니다.

옥상 정원

백화점의 옥상 정원의 우리 속의 날개를 드리운 카나리아는 니힐리스트처럼 눈을 감는다. 그는 사람들의 부르짖음과 그리고 그들의 일기(日氣)에 대한 주식(株式)에 대한 서반아의 혁명에 대한 온갖 지껄임에서 귀를 틀어막고 잠속으로 피난하는 것이 좋다고 생각한다. 그렇지만 그의 꿈이 대체 어디 가 방황하고 있는가에 대하여는 아무도 생각해 보려고 한 일이 없다.

기둥시계의 시침은 바로 12를 출발했는데 농(籠) 안의 호(胡)닭은 돌연 삼림의 습관을 생각해 내고 홰를 치면서 울어보았다. 노랗고 가는 울음이 햇볕이 풀어져 빽빽한 공기의 주위에 길게 그어졌다. 어둠의 밑층에서 바다의 저편에서 땅의 한끝에서 새벽의 날개의 떨림을 누구보다도 먼저 느끼던 흰 털에 감긴 붉은 심장은 인제는 〈때의 전령〉의 명예를 잊어버렸다. 사람들은 무슈 루소의 유언은 서랍 속에 꾸겨서 넣어 두고 옥상의 분수에 메말라 버린 심장을 축이러 온다.

건물 회사는 병아리와 같이 민첩하고 튤립과 같이 신선한 공기를 방어하기 위하여 대도시의 골목 골목에 75센티의 벽돌을 쌓는다. 놀라운 전쟁의 때다. 사람의 선조는 맨 첨에 별들과 구름을 거절하였고 다음에 대지를 그리고 최후로 그 자손들은 공기에 향하여 선전(宣戰)한다.

거리에서는 티끌이 소리친다.「도시계획국장 각하 무슨 까닭에 당신은 우리들을 콘크리트와 포석의 네모진 옥사(獄舍) 속에서 질식시키고 푸른 네온사인으로 표백*하려 합니까? 이렇게 호기적(好奇的)인 세탁의 실험에는 아주 진저리가 났습니다. 당신은 무슨 까닭에 우리들의 비약과 성장과 연애를 질투하십니까?」그러나 부(府)의 살수차(撒水車)는 때없이 태양에게 선동되어 아스팔트 위에서 반란하는 티끌의 밀물을 잠재우기 위하여 오늘도 쉴 새 없이 네거리를 기어다닌다. 사람들은 이윽고 익사한 그들의 혼을 분수지(噴水池) 속에서 건져 가지고 분주히 분주히 승강기를 타고 제비와 같이 떨어질 게다. 여안내인(女案內人)은 그의 팡*을 낳는 시(詩)를 암탉처럼 수없이 낳겠지.

「여기는 지하실이올시다」

「여기는 지하실이올시다」

화술

1. 오후의 예의

향수

나의 고향은
저 산 너머 또 저 구름 밖
아라사의 소문이 자주 들리는 곳.

나는 문득
가로수 스치는 저녁 바람 소리 속에서
여엄—염 송아지 부르는 소리를 듣고 멈춰 선다.

첫사랑

네모진 책상.

흰 벽 위에 삐뚤어진 세간 한 폭.

낡은 페이지를 뒤적이는 흰 손가락에 부딪혀 갑자기 숨을 쉬는 시든 해당화.

증발한 향기의 호수.

(바닷가에서)

붉은 웃음은 두 사람의 장난을 바라보았다.

흰 희망의 흰 화석 흰 동경의 흰 해골 흰 고대(苦待)의 흰 미라

쓴 바닷바람에 빨리는 산상의 등대를 비웃던 두 눈과 두 눈은

둥근 바다를 미끄러져 가는 기선들의 출항을 전송했다.

오늘

어두운 나의 마음의 바다에

흰 등대를 남기고 간
—불을 켠 손아
—불을 끈 입김아

갑자기 창살을 흔드는 벌 떼의 기적(汽笛).
배를 태워 바다로 흘려보낸 꿈이 또 돌아오나 보다.

나는 그를 맞이할 준비를 해야지.
속삭임이 발려 있는 시계딱지
다변(多辯)에 지친 만년필
때묻은 지도들을
나는 나의 기억의 흰 테이블클로스 위에 펴놓는다.
흥
인제는 도망해야지.

란아—
내가 돌아올 때까지
방을 좀 치워 놓아라.

램프

밤과 함께 나의 침실의 천장으로부터
쇠줄을 붙잡고 내려오는 램프여
꿈이 우리를 마중 올 때까지
우리는 서로 말을 피해 가며 이 고독의 잔을 마시고 또 마시자.

꿈꾸는 진주여 바다로 가자

마네킹의 목에 걸려서 까물치는
진주 목도리의 새파란 눈동자는
남양(南洋)의 물결에 젖어 있구나.
바다의 안개에 흐려 있는 파란 향수(鄕愁)를 감추기 위하여 너는 일부러 벙어리를 꾸미는 줄 나는 안다나.

너의 말 없는 눈동자 속에서는
열대의 태양 아래 과일은 붉을 게다.
키다리 야자수는
하늘의 구름을 붙잡으려고
네 활개를 저으며 춤을 추겠지.

바다에는 달이 빠져 피를 흘려서
미쳐서 날뛰며 몸부림치는 물결 위에
오늘도 네가 듣고 싶어 하는 독목주(獨木舟)의 노 젓는 소리는
삐—걱 빼—걱

유랑할 게다.

영원의 성장(成長)을 숨 쉬는 해초의 자줏빛 산림 속에서
너에게 키스하던 상어의 딸들이 그립다지.

탄식하는 벙어리의 눈동자여
너와 나 바다로 아니 가려니?
녹슨 두 마음을 잠그러 가자
토인의 여자의 진흙빛 손가락에서
모래와 함께 새어 버린
너의 행복의 조약돌들을 집으러 가자.
바다의 인어와 같이 나는
푸른 하늘이 마시고 싶다.

페이브먼트를 때리는 수없는 구두 소리.
진주와 나의 귀는 우리들의 꿈의 육지에 부딪치는
물결의 속삭임에 기울여진다.

>

오 — 어린 바다여. 나는 네게로 날아가는 날개를 기르고 있다.

감상(感傷) 풍경

순아 이 들이 너를 기쁘게 하지 못한다는 말을 차마 이 들의 귀에 들려주지 말아라. 네 눈을 즐겁게 못하는 슬픈 벗 포플러의 호릿한 몸짓은 오늘도 방천에서 떨고 있다. 가느다란 탄식처럼……

아침의 정적을 싸고 있는 무거운 안개 속에서
그날
너의 노래는 시냇물을 비웃으며 조롱하였다.
소들이 마을 쪽으로 머리를 돌리고
음매 — 음매 — 울던 저녁에
너는 나물 캐던 바구니를 옆에 끼고서
푸른 보리밭 사이 오솔길을 뱀처럼 걸어오더라.

기차 소리가 죽어 버린 뒤의 검은 들 위에서
오늘
나는 삐죽한 괭이 끝으로 두터운 안갯발을 함부로 찢어 준다.
이윽고 흰 뱀처럼 적막하게 나는 돌아갈 게다.

이별

때늦은 튤립의 화분(花盆)이
시든 창 머리에서
여자의 얼굴이 돌아서 느껴 운다.

나의 마음의 설움 위에 쌓이는 물방울.
나의 마음의 쟁반을 넘쳐흐르는 물방울.

이윽고 내가 파리에 도착하면
네 눈물이 남긴 그 따뜻한 반점은
나의 외투자락에서 응당 말라 버릴 테지?

가거라 새로운 생활로

바빌론으로
바빌론으로
작은 여자의 마음이 움직인다.
개나리의 얼굴이
여린 볕을 향할 때…….

바빌론으로 간 미미에게서
복숭아꽃 봉투가 날아왔다.
그날부터 아내의 마음은 시들어져
썼다가 찢어 버린 편지만 쌓여 간다.
아내여, 작은 마음이여

너의 날아가는 자유의 날개를 나는 막지 않는다.
홀로 쌓아 놓은 좁은 성벽의 문을 닫고 돌아서는
나의 외로움은 돌아봄 없이 너는 가거라.

아내여 나는 안다.

너의 작은 마음이 병들어 있음을…….
동트지도 않은 내일의 창머리에 매달리는 너의 얼굴 위에
새벽을 기다리는 작은 불안을 나는 본다.

가거라 새로운 생활로 가거라.
너는 내일을 가져라.
밝아 가는 새벽을 가져라.

먼 들에서는

뱀처럼 굼틀거리는 수평선 그 너머서는
계절이 봄을 준비하고 있다고
바람이 물결을 타고 지나가면서
항용 중얼거리는 그 들에서는……

산맥의 파랑 치맛자락에
알롱달롱한 오색의 레이스를 수놓는 꽃 사이에서
순이와 나도 붉게 피는 꽃떨기 한 쌍이었다.

산발*을 넘어오는 계절의 발밑에 깔리는 것을
두려워하지 않는 당돌한 두 얼굴은
처음으로 금빛 웃음을 배웠다 그 들에서…….
유리의 단면을 녹아 내리는
햇볕의 이슬을 담뿍 둘러쓰고서…….

우울한 천사

푸른 하늘에 향하여
날지 않는 나의 비둘기. 나의 절름발이.

아침 해가
금빛 기름을 부어 놓는
상아의 해안에서
비둘기의 상한 날개를 싸매는
나는 오늘도
우울한 어린 천사다.

봄은 전보도 안 치고

아득한 황혼의 찬 안개를 마시며
긴 — 말 없는 산허리를 기어 오는
차 소리
우루루루
오늘도 철교는 운다. 무엇을 우누.

글쎄 봄은 언제 온다는 전보도 없이 저 차를 타고 도적과
같이 왔구려
어머니와 같은 부드러운 목소리로
골짝에서 코 고는 시냇물들을 불러일으키면서…….
해는 지금 붉은 얼굴을 벙글거리며
사라지는 엷은 눈 위에 이별의 키스를 뿌리느라고
바쁘게 돌아다니오.

포플러들은 파란 연기를 뿜으면서
빨래와 같은 하얀 오후의 방천에 늘어서서
실업쟁이처럼 담배를 피우오.

>

봄아
너는 언제 강가에서라도 만나서
나에게 이렇다는 약속을 한 일도 없건만
어쩐지 무엇을—굉장히 훌륭한 무엇을 가져다줄 것만 같아서

나는 오늘도 괭이를 멘 채 돌아서서
아득한 황혼의 찬 안개를 마시며
긴—말이 없는 산기슭을 기어 오는 기차를 바라본다.

기원(祈願)

나의 노래는 기름과 같은 동해의 푸른 물결이고 싶다.
나의 노래로 하여금 당신의 상처에 엉클인 피를 씻기를 허락하옵소서, 님이여.

나의 노래는 다람쥐 같은 민첩한 손의 임자인 젊은 간호부고 싶다.
나로 하여금 낮과 밤으로 그대의 병상 머리를 지키는 즐거운 의무에 얽매어 두옵소서, 님이여.

나의 노래는 늙은 뱃사공—나루를 지키는 오랜 희망이고 싶다.
바다가 노해서 끓는 날도 바람이 미쳐서 날뛰는 날도
나의 노래는 바다를 건너는 그대의 뱃머리를 밝히는
꺼질 줄 모르는 등불이고 싶다. 님이여.

커피잔을 들고

오 — 나의 연인이여
너는 한 개의 슈크림이다.
너는 한 잔의 커피다.

너는 어쩌면 지구에서 알지 못하는 나라로
나를 끌고 가는 무지개와 같은 김의 날개를 가지고 있느냐?

나의 어깨에서 하루 동안의 모든 시끄러운 의무를
내려 주는 짐 푸는 인부의 일을
너는 캘리포니아의 어느 부두에서 배웠느냐?

2. 길에서(제물포 풍경)

기차

모닥불의 붉음을
죽음보다도 더 사랑하는 금벌레처럼
기차는
노을이 타는 서쪽 하늘 밑으로 빨려 갑니다.

인천역

메이드 인 아메리카의
성냥개비나
사공의 포켓에 있는 까닭에,
바다의 비린내를 다물었습니다.

조수(潮水)

오후 두 시……
머언 바다의 잔디밭에서
바람은 갑자기 잠을 깨어서는
휘파람을 불며 불며
검은 조수의 떼를 몰아 가지고
항구로 돌아옵니다.

고독

푸른 모래밭에 자빠져서
나는 물개와 같이 완전히 외롭다.
이마를 어루만지는 찬 달빛의 은혜조차
오히려 화가 난다.

이방인

낯익은 강아지처럼
발등을 핥는 바닷바람의 혓바닥이
말할 수 없이 사롭건만
나는 이 항구에 한 벗도 한 친척도 불룩한 지갑도 호적도 없는
거북이와 같이 징글한 한 이방인이다.

밤항구

부끄럼 많은 보석 장사 아가씨
어둠 속에 숨어서야
루비 사파이어 에메랄드……
그의 보석 바구니를 살그머니 뒤집니다.

파선(破船)

달이 있고 항구에 불빛이 멀고
축대 허리에 물결 소리 점잖건만
나는 도무지 시인의 흉내를 낼 수도 없고
바이런과 같이 짖을 수도 없고
갈매기와 같이 슬퍼질 수는 더욱 없어
상한 바위틈에 파선과 같이 참담하다
차라리 노점에서 임금(林檎)을 사서
와락와락 껍질을 벗긴다.

대합실

인천역 대합실의 졸린 벤치에서
막차를 기다리는 손님은 저마다
해오라기와 같이 깨끗하오.
거리에 돌아가서 또다시 인간의 때가 묻을 때까지
너는 물고기처럼 순결하게 이 밤을 자거라.

함경선 오백 킬로 여행 풍경

서시

세계는
나의 학교.
여행이라는 과정에서
나는 수없는 신기로운 일을 배우는
유쾌한 소학생이다.

대합실

대합실은 언제든지 튤립처럼 밝구나.
누구나 거기서는 깃발처럼
출발의 희망을 가지고 있다.

식당차*

흰 테이블 보자기.
건강치 못한 화분 곁에 나란히 선
주둥아리 빼어든 알루미늄 주전자는
고개를 꺼덕꺼덕 흔들 적마다
폐마(廢馬)와 같이 월각절각 소리를 낸다.
나는 철도의 마크를 붙인 찻잔의 두터운 입술가에서
함경선 오백 킬로의 살진 풍경을 마신다.

마을

수수밭 속에 머리 수그린
겸손한 오막살이 잿빛 지붕 위를
푸른 박덩굴이 기어 올라갔고
엉클인 박덩굴을 내리밟고서
허연 박꽃들이 거만하게
아침을 웃는 마을.

풍속

해변에서는 여자들은 될 수 있는 대로
고향의 냄새를 잊어버리려 한다.
먼 외국에서 온 것처럼 모두
동뜬 몸짓을 꾸며 보인다.

함흥 평야

밤마다
서울서 듣던 기적 소리는
사자의 울음소리 같더니
아득한 들이 푸른 깃을
흰 구름의 품속에 감추는 곳에서는
기차는
기러기와 같이 조그마한
나그네구나.

목장

뿔이 한 치만 한 산양의 새끼
흰 수염은 붙였으나
아기네처럼 부끄러워서
옴쑥한 풀포기 밑에 달려가 숨습니다.

동해(東海)

울룩불룩 기운찬 검은 산맥이 팔을 벌려
한아름 둥근 바다를 안아 들인 곳.
섬들은 햇볕에 검은 등을 쪼이고 있고
고깃배들은 돛을 걷고
푸른 침상에서 항해를 잊어버리고 졸고 있구려.

부디 달리는 기차여 숨소리를 죽이려무나.
조는 바위를 건드리는 수줍은 흰 물결이
놀라서 달아나면 어떡하니?

멱을 따는 아가씨 제발 이 맑은 물에 손을 적시지 말아요.
행여나 어린 소라들이 코를 찡기고
모래를 파고 숨어 버릴까 보오.

오늘 밤은 차에서 내려 저 숲에 숨어서
별들이 내려와서 목욕하는 것을
가만히 도적해 볼까.

동해수(東海水)

순이……

우리들의 흰 손수건을

저 푸른 물에 새파랗게 물들입시다.

돌아가서 서랍에 접어 두고서

순결이라 부릅시다.

벼룩

너는 진정 호랑이의 가죽을 썼구나.
나의 침상을 사자와 같이 넘노는 너의 다리는
광야의 위풍을 닮았구나.

어둠 속에서 짓는 사람의 죄 위에 너털웃음을 웃는 너.
너는 사람의 고집은 심장에서
더러운 피를 주저 없이 빨아 먹으려무나.

바위

육지로 향하여 엎드려져서
물결의 흰 채찍에
말없이 등을 얻어맞는
늙은 바위.

물

물은 될 수 있는 대로
흰 돌이 펴져 있는 곳을 가려서 걸어다닙니다.
종잇발 속에서 그 소리를 엿듣는
팔이 부러진 허수아비는
여기서는 오직 한 사람의 시인이외다.

달리아

진홍빛 꽃을 심어서
남(南)으로 타는 향수(鄕愁)를 기르는
국경 가까운 정거장들.

산촌

모든 것이 마을을 사랑한다네.
차마 영(嶺)을 넘지 못하고
산허리에서 망설이는
흰
아침 연기.

3. 오전의 생리

깃발

파랑 모자를 기울여 쓴 불란서 영사관 꼭대기에서는
삼각형의 깃발이 붉은 금붕어처럼 꼬리를 떤다.

지중해에서 인도양에서 태평양에서
모든 바다에서 육지에서
펄 펄 펄
깃발은 바로 항해의 일 초 전을 보인다.

깃발 속에서는
내일의 얼굴이 웃는다.
내일의 웃음 속에서는
해초의 옷을 입은 나의 〈희망〉이 잔다.

분수

태양의 무수한 손들이
칠흑의 비로드 휘장을 분주하게 거둬 간 뒤 창머리에는
햇볕의 분수에 목욕하는
(어린 마돈나) 수선화의 나체상 하나.

순아.
지난밤 나는 어둠 속에서 남몰래
휴지와 같이 꾸겨진 나의 일 년을 살그머니 펴보았다.

나의 가슴의 무덤 속에서 자는
죽지가 부러진 희망의 시체의 찬 등을 어루만지며
일어나 보라고 속삭여 보았다.

나의 꿈은 한 끝이 없는 초록빛 잔디밭
지난밤 그 위에서 나의 식욕은 태양에로 끓었단다.

그러나 지금은 아침.

순아 어서 나의 병실의 문을 열어 다오.
푸른 천막 꼭대기에서는
흰 구름이 망아지처럼 닫지 않니?

우리는 뜰에 내려가서 거기서 우리의 병든 날개를 햇볕의 분수에 씻자.

그리고 표범과 같이 독수리와 같이 몸을 솟기고
우리의 발꿈치에 쭈그린 미운 계절을 바람처럼 꾸짖자.

바다의 아침

작은 어족의 무리들은 일요일 아침의 처녀들처럼 꼬리를 내저으면서 돌아다닙니다.

어린 물결들이 조약돌 사이를 기어 다니는 발자취 소리도 어느새 소란해졌습니다.

그러면 그의 배는 이윽고 햇볕을 둘러쓰고 물새와 같이 두 노를 펴고서 바다의 비단폭을 쪼개며 돌아오겠지요.

오 — 먼 섬의 저편으로부터 기어 오는 안개여
너의 양털의 냅킨을 가지고 바다의 거울판을 닦아 놓아서
그의 놀대*를 저해하는 작은 파도들을 잠재워 다오.

제비의 가족

새하얀 조끼를 입은 공중의 곡예사인 제비의 가족들은 어느새 그들의 긴 여행에서 돌아왔구나.

길가의 전선줄에서 부리는 너의 재주를 우리들은 퍽 좋아한다나.

그리고 너는 적도에서 들은 수없는 이야기를 가지고 왔니.

거기서는 끓는 물결이 태양에로 향하여 가슴을 헤치고 미쳐서 뛰논다고 하였지?

그늘이 깊은 곳에 무화과 열매가 익어서 아가씨의 젖가슴보다도 더 붉다고 하였지?

우리들은 처마 끝에 모여 서련다.

그러면 너는 너의 연단에 올라서서 긴 이야기를 재잘거려라.

밤이 되어도 너의 이야기가 끝이 없으면 은하수 아래 우리들은 모닥불을 피우련다.

나의 소제부

오늘 밤도 초승달은
산호로 판 나막신을 끌고서
구름의 층층계를 밟고 내려옵니다.

어서 와요 정다운 소제부.
그래서 온종일 갈앉은 티끌을
내 가슴의 하상(河床)에서 말쑥하게 쓸어 줘요.
그리고는 당신과 나 손을 잡고서
물결의 노래를 들으러 바닷가로 내려가요.
바다는 우리들의 유랑한 손풍금.

들은우리를부르오

경박한 참새들은 푸른 포플러의 지붕 밑에서 눈을 떠서 분주히 노래하오.

바다의 붉은 가슴이 타는 해를 튀겨 올리오.

별들은 구름을 타고 날아가오.

아침의 전령인 강바람이 숲속의 어린 새들의 꿈을 흔들어 깨우치오.

나는 나의 팔에 껴안긴 〈밤〉의 피 흐르는 찢어진 시체를 방바닥에 던지고

무한한 야심과 같은 우리들의 대낮으로 향하여 뛰어 나가오.

(나는 아내의 방문을 두드리오)

여보 어서 일어나요

우리는 가축을 몰고 숲으로 가지 않겠소?

우리들의 즐거운 벗 — 태양은 강가에서 오죽이나 섭섭해서 기다리고 있겠소?

(나의 팔은 담 너머 언덕 너머 강을 가리켰소)

>

이윽고 새들은 높은 하늘의 중간에 떠서 음악회를 열 것이오.

늙은 바람은 언덕 위의 송아지의 털을 쓰다듬으면서 송아지의 슬픈 노래를 사랑하겠지요.

작은 꽃들은 태양을 향하여 키스를 조르겠지요—

(나는 하늘을 쳐다보며 두 팔을 벌렸소)

그리고 여보

우리들은 그 넓은 하늘과 땅 사이에서 얼마나 작은 꽃이겠소?

얼마나 갸륵한 새들이겠소?

새날이 밝는다

굳게 잠근 어둠의 문 저쪽에서 골짝들은 새벽을 음모합니다.

비로드의 금잔디 위에서는 침묵이 잡니다.

밤하늘을 아름답게 꾸미던 무수한 별들은
지금 눈물에 젖어 하나씩 둘씩
강물 속에 빠져서는 굴러갑니다.
어서 일어나요……
푸른 안개의 휘장 속에서는
마르스의 늙은이가 분주하게 지구의 요람을 흔들어 깨웁니다.

거리 거리의 들창들이
수박빛 하늘로 향하여 입을 벌립니다.
집들은 새벽을 함빡 들이켭니다.
어느새 검은 차고의 쇠문을 박차고
병아리와 같은 전차들이 뛰어나옵니다.

>

옷자락에서 부스러 떨어지는 간밤의 꿈 조각들은 돌보지도 않으면서 그는
고함을 치면서 거리 거리를 미끄러져 가는
난폭한 스케이트 선수올시다.

오 — 전 조선의 시민 제군
고무공과 같이 부풀어 오른 탄력성의 대지의 가슴으로 뛰어나오렴.
우리들의 경주를 위하여 이렇게도 훌륭하고 큰 아침이 준비되었다.

출발

오월의 바다와 같이 빛나는 창이
아침 해에게 웃음을 보내며
무한히 깊은 회화(會話)를 두 사람은 바꾸고 있다.
하늘은 얼굴에서 어둠을 씻고
지중해를 굽어본다. 푸른 밑 없는 거울…….

창을 열려무나 누나
푸른 하늘, 써늘한 대기

어린 새들은 너희의 삼월을 잊어버렸니?
너희들의 훌륭한 파라슈트* 목욕한 날개를 타고
날래게 푸른 하늘로 떨어지려무나.

그래서 세계에 아침을 일러 주어라.
빛인……
푸름인……
생성인……

>

태평양 횡단의 기선(汽船) 엠프레스 오브 에이샤호(號)가 금방 커다란 희망과 같은 깃발을 흔들며 부두를 떠났다. 바로 오전 8시 30분…….

아침 비행기

파랑 날개를 팔락이는 어린 비행기는
일요일날 아침의 유쾌한 악사(樂士)올시다.
새벽이 새어간 뒤의 아침 하늘은 플라티나*의 줄을 늘인 하프
그 줄을 때리면서 훌륭한 음악을 타는 프로펠러는 사포*의 손보다도 더 이쁜
오월의 바람보다도 더 가벼운
새벽 하늘을 수놓는 눈송이보다도 더 흰 손의 임자.
나의 가슴의 둔한 성벽에 물결쳐 넘치는 음악의 호수.
구름 밖으로 나를 싣고 가는 흰 날개를 가진 너의 음악이여.

일요일 행진곡

월
    화
        수
            목
                금
                    토
하낫 둘
    하낫 둘
일요일로 나가는 〈엇둘〉 소리……

자연의 학대에서
너를 놓아라
역사의 여백……
영혼의 위생 데이……
일요일의 들로
바다로……

>

우리들의
유쾌한
하늘과 하루
일요일
　일요일

속도의 시

스케이팅

일월의 대기는
투명한 프리즘

나의 가슴을 막는
햇볕은 칠색의 테이프

파리(玻璃)*의 바다는
푸른 옷 입은 계절의 화석이다.

감을 줄 모르는
진주의 눈들이 쳐다보는
어족들의 원천(圓天) 극장에서
내가
한 개의 환상 아웃커브를 그리면
구름 속에서는 천사들의 박수 소리가 불시에 인다.

한강은 전연 손을 댄 일이 없는

생생한 한 폭의 원고지.

나는 나의 관중―구름들을 위하여
그 위에 나의 시를 쓴다.

희롱하는 교착선의 모든 각도와 곡선에서 피어나는 예술
기호(記號) 위를 규칙에 얽매여 걸어가는
시계의 충실(忠實)을 나는 모른다.

시간의 궤도 위를 미끄러져 달리는 차라리
방탕한 운명이다. 나는……

나의 발바닥 밑의
태양의 느림을 비웃는 두 칼날……

나는 얼음판 위에서
전혀 분방한 한 속도의 기사(騎士)다.

여행

칠월은
모험을 즐기는 아이들로부터
고향을 빼앗았다.

우리는 세계의 시민
세계는 우리들의 올림피아드

시커먼 철교의 엉클인 질투를 비웃으며 달리는 장애물 경주 선수들
기차가 달린다. 국제 열차가 달린다. 전망차가 달린다……

해양 횡단의 정기선들은 항구마다
푸른 깃발을 물고 마라톤을 떠난다……

로키. 히말라야. 알프스.
산맥을 날아 넘은 여객기들은 어린 전서구(傳書鳩)

>

마래군도(馬來群島)는
토인들의 경주용 독목주(獨木舟)[카누]다.

새끼를 호주머니에 감추고
기적(汽笛)을 피해 가는 캥거루는
오스트레일리아의 수줍은 가족주의자.
흥 너희들은 양모를 팔아서
영국제 식기의 이름을 부르기 위하여
비싼 영어를 샀구나.

자―아메리카도 시끄럽다
여자의 웃음소리와 주머니의 돈 소리가 귀를 부신다.

어느새 사막과 요새들 사이에 씹히는
이지러진 푸른 진주―가련한 지중해다.

런던. 뉴욕. 파리. 프라그.* 부다페스트.

동방의 거리 콘스탄티노플
회교도
아메리카 영사관
성(聖) 페이트로의 뾰죽집*은 구름을 찌른다.
(마리아는 높은 데 계시단다. 아—멘)

자—짐은 호텔에……
사랑은 바닷가에……

계절의 애무에 살진 섬들은
푸른 바다에서 머리 감는 선녀들.

요트의 돛은 영란(英蘭) 은행의 지배인의 배다.
맥고 모자를 붙잡는 손. 차 던지는 저고리.

에이 시온은 멀지 않다.
예루살렘은 찬미를 타는 커다란 손풍금

>

시온으로 가자.
그리고 시온을 떠나자
우리에게는 영구한 시온은 없다.

시네마 풍경

호텔

토요일의 오후면은……

사람들은
수없는 나라의 이야기들을 담뿍 꾸겨 넣은 가방을 드리우고 달려듭니다.
태양을 튀겨 올리는 인도양의 고래의 등이며
선장을 잡아먹은 식인종의 이야기며
라마교의 부처님의 찡그린 얼굴이며……

삼층으로 탈려진
흑단의 층층계는
뚜껑을 제껴 놓은 그랜드 오르간
아프리카의 헝가리의 스페인의 노래를 타며 올라가는
니그로의 발꿈치 무슈의 발꿈치 카르멘의 발꿈치……

단어의 거품을 뱉으며
조명의 노을 속을 헤엄쳐 가는

여자의 치맛자락에서는
바다의 냄새가 납니다.

식당……
샹들리에의 분수 밑에
사람들은 제각기
수없는 나라의 기억으로 짠
향수(鄕愁)의 비단폭을 펴놓습니다.

테이블 위에 늘어놓는
국어와 국어와 국어와 국어의
전람회

수염이 없는 입들이
브라질의 커피잔에서
푸른 수증기에 젖은
지중해의 하늘빛을 마십니다.

>

흰옷을 입은 흰 보이는
국적의 빛깔을 보여서는 아니 되는
표백된 흰 보이가 아니면 아니 됩니다.

여기서는 가방들이
때때로는 시장(市長)보다도 훨씬
환대를 받는 풍속이 있습니다.

오후 아홉 시면……

이층과 삼층의 덧문들은
바깥의 물결 소리가 시끄럽다는 듯이
발깍 발깍 닫혀집니다.
그러면 호텔은 검은 연기를 토하면서 움직이기 시작합니다.

밤의 항해의 출발 신호……

흰 꿈의 비둘기들은 침실로부터
세계의 모든 구석으로 향하여 날아갑니다.
배가 아침의 부두에 또다시 닿기까지……

삼월의 시네마

아침 해

별들은 지구 위에서 날개를 거두어 가지고 날아갑니다. 변하기 쉬운 연인들이여. 푸른 하늘에는 구름의 층층대가 걸려 있습니다. 부지런한 사무가인 태양 군(君)은 아침 여섯 시인데도 벌써 침상에서 일어나서 별의 잠옷을 벗습니다. 그리고 총총히 층층대를 올라가는 것이 안개가 찢어진 틈틈으로 보입니다.

— 헬로 바다와 육지

그의 걸음걸이는 전설 속의 임금답지도 않게 고무볼처럼 가볍습니다.

물레방앗간

물레방앗간 문턱 아래는 어느 때의 불하(拂下)인지도 모르는 낡은 군대의 구두 한 켤레, 일찍이 그는 군마(軍馬)의 부르짖음과 생명의 마지막 불꽃과 외침을 짓밟으며 용감한 상등병 슈미트 베이커의 물에 튄 발을 보호하는 임무에 있었는데 지금은 카이저와 니콜라이 2세의 무덤과 노후한 개선문처럼 버려진 자의 운명과 함께 있습니다. 전쟁이 끝나면 그들은 모두 행주처럼 잊어버려집니다.

분광기(分光器)

태양의 어린 아들인 무수한 광선들이 두텁게 잠긴 게으른 문창을 분주히 때립니다. 빠드 대좌(大佐)의 제어할 수 없는 정신을 가진 모험성의 작은 새들입니다.

개

컹…… 컹…… 컹……

안개의 해저에 침몰한 마을에서는 개가 즉흥 시인처럼 혼자서 짖습니다.

강

강은 그의 모든 종족과 함께 대지의 영원한 하수도입니다. 아마존, 다뉴브, 센, 라인, 한강, 두만강, 미시시피…… 최후로 저 위대한 땅을 흐르는 양자강

그렇지만 시민들은 한 번도 수도료를 낸 일이라고는 없습니다. 그렇다고 사용을 거절당한 일도 없습니다. 지금 그는 아침의 들을 때리며 물레방아를 굴리며 느껴 울며 노래하며 깊은 안개 속을 굴러 떨어집니다.

어족(魚族)

어린 어족들은 벌거벗은 등을 햇볕에 쪼이며 헤엄칩니다. 그 속에서 집오리들이 정직한 세례교도처럼 푸른 가슴을 헵니다. 가까운 마을의 아낙네들은 나물이나 빨래나 혹은 근심을 담은 바구니를 끼고 오솔길을 바쁘게 차며 내려옵니다. 사실 그 온갖 찌꺼기들을 말없이 삼켜 버리는 강과 같은 점잖은 하마가 어디 있겠습니까?

비행기

금방 날개가 겨우 돋친 비행기의 병아리는 재봉사가 지원(志願)인가 봅니다. 그러기에 할딱할딱 숨이 차서도 이슬에 젖은 포도주의 하늘을 분주히 돌아다니며 도망하는 구름의 치맛자락을 주름 잡습니다.

아이 어느새 저 녀석이 물속에 뛰어 들어가서 고기 떼를 몰고 다니네.

북행 열차

이민(移民)들을 태운 시커먼 기차가 갑자기 뛰어들었으므로 명상을 주무르고 있던 강철의 철학자인 철교가 깜짝 놀라서 투덜거립니다. 다음 역에서도 기차는 그의 수수낀 로맨티시즘인 기적을 불 테지. 그렇지만 이민들의 얼굴은 차창에서 웃지 않습니다. 기관차에게 버려진 연기가 사냥개처럼 검은 철길을 핥으며 기차의 뒤를 따라갑니다.

앨범

오월

늙은 성벽의 검은 뺨을 후려갈기는 흰 똥.

비둘기는 날아갔다.

푸른 수증기의 수풀의 유혹을
드디어 이기지 못하는 작은 기관차.

풍속

바다에게 쫓겨 가는 거리.
바람이 빨고 간 거친 풍경 속에 늘어서는
아무 일도 생각지 않는 게으른 흰 벽.

신비로운 한대(寒帶)의 계명을
드디어 깨트리고
창들은 음분(淫奔)한 입을 벌리고 말았다
오월의 바다로 향하여……

붉은 머리수건을 두른
백계로인(白系露人)의 여자의 다리가
놀란 파수병의 시야를 함부로 가로 건넌다.

바다는 끝없는 푸른 벌판
멀리 그저 멀리 떠나가려는 번뇌 때문에
진정치 못하는 기선들을 붙잡고 있는
부두의 윤리를 슬퍼하는 듯이

우뚝 솟은 흰 세관의 건물이
바다의 물결 소리에 귀를 기울인다.

굴뚝

건방진 자식이다.
그래도 고독을 이해한다나.

구름 속에 목을 빼들고
푸른 하늘에 검은 우울을 그리는 그 자식

나는 본 일이 없다.
거리를 기어가는 전차개비와 우그러진 지붕들을
그 자식의 눈이 내려다보는 것을……

건방진 자식이다.
그 자식의 가슴은 구름을 즐겨 마신다나.

식료품점

1. 초콜릿

사랑엔 패했을망정
은빛 갑주(甲胄) 떨쳐입은 초콜릿 병정 각하

사랑은 여리다고
아가씨의 입에서도 눈처럼 녹습니다.
서방님의 입에서도 얼음처럼 녹습니다.

2. 임금(林檎)

심장을 잃어버린 토끼는
지금은 어디 가서 마른풀을 베고 낮잠을 잘까?

3. 모과(파인애플)

여보 칼을 대지 말아요 부디……
피 묻은 토인의 노래가 흐를까 보오.

4. 밤〔栗〕

무장해제를 당한 중앙군의 행렬입니다.
천진(天津)으로 가는 겐가? 남경(南京)으로 가는 겐가?
대장의 통전(通電)을 기다립니다.

파고다 공원

쓰레기통의 설비가 없는 까닭에
마나님들은 때때로 쓰레받기를 들고 이곳으로 나옵니다.
오후가 되면 하느님은
절대로 필요치 않은 제육 일의 남조물(濫造物)들을
이 쓰레기통에 모아 놓고는
탄식을 되풀이하는 습관이 있습니다.

한강 인도교

스톱……
항구의 종점이올시다.
때때로 임자 없는 모자들이 난간에 걸려서는
〈인생도 잘 있거라〉고 바람에 펄럭입니다.
그러므로 기둥 밑에는 아가씨들을 위하여
커다란 눈물받이가 놓여 있습니다.

해수욕장

캐비지와 같이 아침 이슬에 젖어 쓰러진
비치 파라솔.

오색의 인어들은 어린 어족들의 종족.
지느러미와 같은 치맛자락이
함뿍 바닷바람을 물고 볼을 타더니……

구월이 거리에서 분주히 그들을 불러간 뒤
허연 호텔은 줄이 끊어진 기타.
게으른 흰 구름이 빨간 지붕 위로 낮잠을 자러 온다.

지금 바다는 오래간만에 그의 정적을 회복하여
오늘은 갈매기의 날개를 어루만지는 오랜 늙은이다.

칠월의 아가씨*

아가씨들이 갑자기 어족의 일가인 것을 느끼는 칠월.

초록 문장의 해저에서 아가씨의 꿈은
붉은 미역 흰 물결의 테이프에 감기오.

어족들의 고향에서는 푸른 유리창의 단면을 가르고
뛰어나오는 물결의 흰 이빨이 갈매기의 비취빛 날개를 깨무오.

떨리는 철로는 바다로 끌리는 아가씨의 향수(鄕愁)의 방향.
역부의 가위는 오늘도 〈원산(元山)〉을 수없이 잘랐소.

아가씨의 등에서 지느러미가 자라나는 칠월.
아가씨들은 갑자기 지도의 충실한 독자가 되오.

섬

흰 모래부리에 담긴
살진 바다의 푸른 가슴에
얽매인 섬 두어 개.

서편으로 기울어져
산맥에의 의지를 드디어 버리지 못하는
향수(鄕愁)의 화석
두어 개.

나라가 먼 사공들이 배를 끌고
때때로 쌓인 한숨을 버리러 옵니다.

십오야(十伍夜)

산호빛 갑옷을 입은 달은
푸른 하늘의 얼음판을 지쳐서
에메랄드의 군도(軍刀)를 휘두르며 바람을 몰고 간다.

강물은 두터운 유리창을 굳게 잠그고
오늘 밤은 일절 면회사절이다.
시인과 아가씨의 눈물이 성가신가 봐.

새벽을 꾸짖는 사형수인 늙은 세계는
밤이 붓는 침묵의 술잔을 기울이며
찢어진 하느님의 심장에서 새는 희푸른 액체를 마시며
비칭거린다.

술 취한 달빛이
오후 열한 시의 개천가의 얼음판에 미끄러져 자빠진다.
와르르 터지는 바람의 웃음소리.

새벽

싸악…… 싸악…… 싸악
부스러지는 애처로운 눈의 비명을
신바닥 아래 눌러 죽이며
거리를 쓸고 가는 바쁜 발자취 소리 소리 소리
창 밑을 굴러가는 수레바퀴의 이빨 갈리는 소리
소리 소리(그 자식은 언제든 군소리뿐이야)

낡은 절의 게으른 북이 갑자기 울어야 할 그의 의무를 기억했나 보다.

자—나는 어서 들창을 열어야지.

아침 해를 마시고 싶어서 밤이 새도록 말라서 탄 식욕 한 입을……

아스팔트

아스팔트 위에는
사월의 석양이 졸리고

잎사귀를 붙이지 아니한 가로수 밑에서는
오후가 손질한다.

소리 없는 고무바퀴를 신은 자동차의 아기들이
분주히 지나간 뒤

너의 마음은
우울한 해저
너의 가슴은
구름들의 피곤한 그림자들이 때때로 쉬러 오는 회색의 잔디밭.

바다를 꿈꾸는 바람의 탄식을 들으러 나오는 침묵한 행인들을 위하여

작은 아스팔트의 거리는
지평선의 흉내를 낸다.

해수욕장의 석양

해발 1000피트의 고대(高臺)의 단면에
피곤한 태양이 게으른 자화상을 그린다.
산허리에 사라지는 애처로운 포물선의 자취인
해오라기 한 마리……
고적(孤寂).

아낌없이 바닷가에 비 오는 침묵.
헐떡이는 물결의 등을 어루만지는 늙은 달은 모래부리 위에서
경박한 사람들이 잊어버리고 간 발자국들을 집기에 분주하다.
탈의장의 모래 위에 꾸겨져 젖어 있는
러브레터 한 장.
밤은 벌써 호텔의 환락에 불을 켰다.

상아의 해안

해만(海灣)은 수평선의 아침에 향하여 분주하게 창을 연다.
주름 잡히는 은빛 휘장에서 부스러 떨어지는 금박은
바다의 검은 장판에 비오는 별들의 실망

어둠이 갑자기 버리고 간 까닭에 눈을 부비는 늙은 향수(香水) 장사인 태양은
잠 깨지 않은 물결의 딸들의 머리칼 위에 백금빛의 향수를 뿌려 준다.
머루나무 잎사귀들은 총총히 떠난 천사들이 잊어버리고 간 진주 목도리들을 안고 있다.
붉은 치맛자락을 나팔거리는 가시나무꽃들은 방수포처럼 추근한 해안에 향하여 누른 향내를 키질한다.
푸른 공기의 퇴적 속에 가로서서 팔락거리는 여자의 바둑판 케이프*는
대서양을 건너는 무적함대의 돛발처럼 무적(無敵)하다.

>

에메랄드의 정열을 녹이는 상아의 해안은 해방된 어족 해방된 제비들 해방된 마음들을 기르는 유리의 목장이다.

법전을 무시하는 대담한 혈관들이 푸른 하늘의 캔버스에 그들의 선언 — 분홍빛 꿈을 그린다.

하나 — 둘 — 셋

충혈된 백어(白魚)의 무리들은 어린 곡예사처럼 바다의 탄력성의 허리에 몸을 맡긴다.

상아의 해안을 씻는 투명한 칠월의 거친 살결.

바람은 신선한 해초의 입김으로 짠 무의(舞衣)를 입고

부풀어오른 바다의 가슴을 차며 달린다.

항해

팔월의 햇볕은 백금의 비누 방울.
수평에 넘쳐 흐늑이는 황해의 등덜미에서 그것을 튀겨 올리는 푸른 비늘 조각, 흰 비늘 조각.
젖빛 구름의 스커트가 음분(淫奔)한 바다의 허리를 둘렀다.

오만한 해양의 가슴을 가르는 뱃머리는
바다를 질투하는 나의 칼날이다.
제껴지는 물결의 흰 살덩이. 쏟아지는 흰 피의 분류(奔流).

내 눈초리보다도 높지 못한 먼 돛
그 돛보다도 더 높지 못한 수평선
검은 섬이 달려온다. 누른 섬이 달려간다.
함뿍 바람을 들이켠 붉은 돛이 미끄러진다.

나의 가슴에 감겼다 풀리는 바람의 테이프.

저기압은 벌써 북한산의 저편에 —
열대의 심술쟁이 태풍은 적도에서 코 고나 보다.

마스트에 춤추는 빨간 깃발은 일직선
우리들의 항해의 방향.
항구도 벌써 부풀어오르는 조수의 저편에 꺼져 버렸다.

바람은 나사(羅紗)와 같이 빛나고
햇볕은 부스러 떨어지는 운모 가루.

키를 돌리지 말아라.
해도(海圖)는 옹색한 휴가 증명서.
뱃머리는 언제든지 서남(西南)의 중간에 들어라.

가을의 태양은 플라티나의 연미복을 입고

가을의
태양은 게으른 화가입니다.

거리 거리에 머리 숙이고 마주 선 벽돌집 사이에
창백한 꿈의 그림자를 그리며 다니는……

쇼윈도의 마네킹 인형은 홑옷을 벗기고서
셀룰로이드의 눈동자가 이슬과 같이 슬픕니다.

실업자의 그림자는 공원의 연못가의 갈대에 의지하여
살진 금붕어를 호리고 있습니다.

가을의 태양은 플라티나의 연미복을 입고서
피 빠진 하늘의 얼굴을 산보하는
침묵한 화가입니다.

하루 일이 끝났을 때

수박빛 하늘에 매달려 지구는 어둠 속으로 꺼져 내려가오, 검은 누런 혹은 회색의 지붕들이 대지의 가슴속으로 파 들어갈 듯이 산모롱이에 가엾이 몸을 옴크리고 있소.

수양버들들은 마을 밖 강가에 머리를 풀어헤치고 우두커니 서서 무엇을 기다리누? 안달뱅이 굴뚝들은 기적(汽笛)도 없이 흰 깃발을 날리고 있소. 마을은 또 다른 하룻밤의 항해를 떠나오.

비로드처럼 눈을 부시는 새까만 밤 프록코트를 입은 하느님의 옷섶에서는 금단추들이 반짝이오. 울란어미인 바람이 또 골짝에서 훌쩍훌쩍 우는 소리가 들려오오.

그러면 나는 언덕 위의 내 집으로 총총히 돌아가기 위하여 호미를 둘러메오. 천사 미카엘이 두 개의 퉁퉁한 포켓을 불룩이 채워 가지고 오는 커다란 꿈을 기다리기 위하여……

황혼

검은 다리[橋]는 어째서 지금도 물도 없는 개천에서 찬 바람결에 허리를 씻기면서 빼빼 마른 다리[脚]를 훨씬 거두고만 서 있을까요?

포플러들은 지금 개천가에서 새하얀 허리를 들추어 내놓고 벌벌벌 떨고 있습니다. 그의 어깨에서 포근한 푸른 외투를 벗겨간 것은 누구의 잔인한 손입니까? 참새들은 인제는 그의 옷자락 밑에 기어들어서 수없는 그날의 이야기를 재잘거리러 오지 않겠지요.

해가 떨어졌으므로 집 없는 바람이 또 다리 밑에 엎디어서 앙앙 느껴 웁니다. 집들은 회색의 대기 밑으로 소라와 같이 몸을 옴크리고 기어듭니다. 그리고는 커다란 굴뚝을 거꾸로 물고서 퍽 — 퍽 담배를 피지요. 어쩌면 그렇게도 건방진 굴뚝일까요?

너무나 엄청나게 큰 꿈이 마을에 떨어지면 아니 된다고

해서 검은 산들이 총총히 걸어와서는 마치 코사크*의 보초병처럼 표정이 없이 우두커니 서서 마을을 굽어봅니다. 그러면 작은 등불들이 갑자기 집집의 창문에 매달려서 밖을 내다보지요. 아마도 날아다니는 별들과 이야기하려는 게지요.

이동건축(移動建築)

훌륭한 아침이 아니냐?

창백한 하늘 아래
전야(戰野)는 회색이다.
독와사(毒瓦斯)의 화끈한 입김이 휩쓸고 간다.
해골과 같이 메마른 공기가 질식한다.

바람에 휘날려
하수도의 물 위에 떠내려가는 캘린더 한 장 잘 가거라
말괄량이 1930년.

강변의 도살장
날카로운 채찍이 빽빽한 공기를 찢는다.
동물들은 그 아래서 자기의 번을 기다리는 짧은 동안을
뼈다귀를 다투며 소일한다.
(오 — 영광이 있어라. 인류에게)

어느새 밤이 가고
먼 회색의 지평선을

붉은 웃음으로써 채우며 오는 것은 누구냐?
오—새벽이다. 새해다.
그는 비둘기와 장미와 푸른 날개와
그러한 선물을 한 수레 가득히 실은 마차를 끌고
산마루턱을 넘어온다.

보기 싫은 실망과 비관 아름다운 고양이들
너희들은 내 품에서 떠나거라. 미지근한 잠자리에나 박혀 있어라.

기름과 먼지와 피투성인
아름답다는 지나간 날은
붙잡아 목을 비틀어
차라리 페치카에 집어넣자.

쟝……
총 끝의 볼미를 닦는 일에 싫증이 난다고 하였지.

너의 참호는 너무나 어둡다.
어서 뛰어나와서 폴의 손을 잡아 주어라.

프랭크
저 자식은 산고모(山高帽)*를 둘러쓰고 조개의 무덤 위에서 춤을 추겠지.
이 후버의 팬
어서 너의 유리 진주의 바구닐랑 바다에 집어던지고 들로 나오렴

순이
너는 훌륭히 빛나는 살결을 가지고 있구나.
벗어 버리려무나 그런 인조견 양말은……

방금 그랜드 오르간인 푸른 바다가
뿡뿡을 시작했다.
들로 나와서 너희들은 손을 잡아라.

초하룻날은 수정의 바다다.
새벽의 별들이 주책없이 흘리고 간
흰 눈의 벨벳 위에
아침 볕이 분수와 같이 퍼붓는다.

훌륭한 아침이 아니냐?
쿵—쿵—쿵
나는 저 자식의 발자취 소리가
아주 듣기 좋아……

어둠 속의 노래

책상과 나와
캘린더의 막장과
등불과……

회색의 전야(戰野)에서는
내가 잊어버리고 온
수없는 전사자와 부상자의 무리가
하나씩 둘씩 무덤의 먼지를 떨치며 일어난다.

어주리 없이* 바짝 마른 이리 한 마리(그 이름은 성활)
오늘도 내 발꿈치에서 떨어지지 않는다.

어둠의 홍수 — 굼틀거리는 검은 물바퀴의 얼굴에 떴다 꺼졌다 떠오르는
춤추는 한 팔……
파란 부르짖음……
찢어진 심장……

>

엑……

이런

독수리가 파먹다 남은

생활은

하수도에나 집어던져라.

열두 시 넘어서

별과 등불을 띄우고

방천 아래

꿈을 앓는 하수도에……

무한히 티끌을 생산하는 이 도시의 모든 배설물을 운반하도록 명령받은 충실한 검은 노예.

똥

먼지

타고 남은 석탄재

기아(棄兒) 때때로 사아(死兒)

찢어진 유서 조각

경찰의(警察醫)가 오토바이에서 내렸다.

거리의 거지가 종각에 기댄 채 꿋꿋해 버렸다.

교당에서는 목사님이

최후의 기도 끝에 아—멘을 불렀다.

다음 날 아침 조간에는 그 전날 밤의 추위는 십육 년래(來)의 일이라고 거짓말했다.

내일은 신사와 숙녀 들은

안심하고 네거리로 나올 게다.

극장에서는

학생과 회사원 들이 사이좋게

같은 잔에서 탄산가스를 뱉았다 들이켠다……

지부*종(芝罘種)의 무와 같은 스크린의 아메리카 여자의 다리에 식욕을 삼킨다.

>

어둠의 홍수
거리에 굽이치는 어둠의 흐름
태양이 어디 갔느냐?
어디 갔느냐?
내 가슴은 태양이 안고 싶다.

상공(商工) 운동회

유쾌한 주악(奏樂)을 앞세우고
서슬 좋은 가장행렬이 떨며 간다……

시저의 투구를 쓴 상회
분칠한 환약의 여신
붉게
푸르게
변하는 행렬의 표정

경의를 표하기 위하여 멈춰 서는 푸른 전차의 예의.
포도(舖道)를 휘덮는 시든 얼굴들을 물리치면서
움직이는 상업전(商業展)의 회장 위에서
압도된 머리가 늘어선다. 주저한다. 결심한다.
「이 회사가 좀 더 가속도적인걸」
「아니 저 상회가 더 빠른걸」
「요담의 광목은 저 집에 가 사야겠군」

>

살아 있는 짜라투스트라의
산상(山上)의 탄식
—그들은 사람의 심장에서 피를 몰아내고 그 자리에
아침 조수의 자랑과 밤의 한숨을 모르는 회색 건축을 세우는 데 성공했다—

브라보—브라보—
공장과 상점의 굳은 악수
브라보—브라보—
핫 핫 핫 핫……

*

31쪽 원문에는 〈표박(漂泊)〉으로 되어 있으나 〈표백(漂白)〉의 잘못으로 보인다. 111쪽의 경우도 동일하다.
〈팡〉은 〈빵〉으로 짐작된다.

48쪽 〈산발〉은 〈산줄기〉의 방언이다.

69쪽 원문의 제목은 〈식당〉이나 차례에는 〈식당차〉로 되어 있다. 내용을 고려할 때 본문 제목에서 〈차〉 자가 탈자된 것으로 보인다.

86쪽 〈놀대〉는 〈뗏목의 방향을 잡아 주기 위하여 설치하는 조종대〉를 뜻한다.

93쪽 〈파라슈트parachute〉는 〈낙하산〉을 뜻한다.

95쪽 〈플라티나platina〉는 〈백금〉을 뜻한다.
〈사포〉는 고대 그리스의 시인으로, 시의 여신으로 칭송받았다.

101쪽 〈파리〉는 〈유리〉와 같은 말이다.

104쪽 〈프라그Prague〉는 〈프라하〉의 영어식 표기이다.

105쪽 〈성 페이트로의 뾰죽집〉은 〈성 베드로 성당〉을 가리키는 것으로 보인다.

138쪽 원문의 제목에는 〈칠월의 아가씨섬〉이라 되어 있는데, 다음 시의 제목인 〈섬〉이 잘못 붙은 것으로 보인다. 차례에는 〈칠월의 아가씨〉로 되어 있다.

145쪽 〈케이프〉는 〈소매가 없는 망토식 겉옷〉을 뜻한다.

152쪽 〈코사크Cossack〉는 〈카자흐스탄〉의 영어식 표기이다.

157쪽 〈산고모〉는 〈중산모〉와 같은 말로 〈꼭대기가 둥글고 높은 예장용의 서양 모자〉를 뜻한다.

159쪽 〈어주리 없다〉는 〈너무나 미약하고 실속 없다〉는 뜻이다. 원문에는 〈어줄 없이〉로 표기되어 있다.

161쪽 〈지부〉는 〈산둥성 동북부 지역〉이다.

해설

김기림과 『태양의 풍속』

김기림은 1908년 5월 11일 함경북도 학성에서 출생하였다. 부친 김병연(金秉淵)은 대규모 전답과 과수원을 경영하였다. 김기림은 1914년 임명보통학교에 입학했고, 1921년 상경해서 보성고등보통학교에 입학했으나 병 때문에 학교를 중퇴하였다. 1925년 도쿄로 건너가 이듬해 니혼(日本) 대학 문과에 입학하였다.

니혼 대학을 졸업하고 귀국한 뒤, 『조선일보』사 기자를 지내며 1930년부터 주로 G.W.라는 필명으로 글을 발표하였다. 1931년 낙향하여 무곡원(武谷園)이라는 과수원을 경영하며 창작에 전념했다. 1932년 조선일보사에 복직하고 시, 평론, 소설, 수필, 희곡 등 전 영역에 걸쳐 작품 활동을 하였다. 1933년에는 이효석, 이종명, 김유영, 이태준, 정지용, 이무영, 조용만, 유치진 등과 함께 구인회를 결성하여 활동하였고, 특히 나중에 가입한 이상, 박태원과 친밀한 관계를 유지하였다. 1936년 신문사의 후원으로 도후쿠(東北) 제국대학 영문과에 입학하였으며, 그해 첫 시집인 『기상도』를 창문사에서 발간하였다. 1939년 도후쿠 제국대학을 졸업하고 귀국하였다. 같은 해 일본 유학 이전에 발표했던 시들을 모아 시집 『태양의 풍속』을 간행하였다. 1940년 『조선일보』가 폐간되자 낙향하여 고향 근처의 경성중학교에서 영어, 수학을 가르쳤다.

해방 이후 서울로 올라와 서울대, 연세대 등에서 강의하는 한편, 조선문학가동맹에 참여하여 중앙집행위원 및 서울시 문학가동맹 위원장으로 활동하였다. 1946년 세 번째 시집 『바다와 나비』와 『문학개론』, 1947년 『시론』을 간행하였다. 1948년에는 네 번째 시집 『새노래』와 『기상도』 재판과 번역서 『과학개론』을 간행하였다. 정부 수립 이후인 10월 조선문학가동맹과의 관계를 청산하고, 12월에는 한국문학가협회 정식 회원이 되었다. 이어서 왕성한 저술 활동으로 『바다와 육체』, 『학생과 학원』(공저), 『시의 이해』, 『문장론 신강』 등의 책을 출간하였다. 6·25 때 서울에 머물러 있다가 인민군에게 납북되었다.

김기림은 구인회 동인이었으며 이상(李箱)과 함께 당시 모더니즘의 대표적 이론가요 시인으로 활약했다. 이양하, 최재서 등과 함께 모더니즘 문학을 소개하는 데 앞장섰으며, 특히 도후쿠 제국대학 졸업 논문의 주제였던 I. A. 리처즈의 문학 이론을 바탕으로 자신의 문학 이론을 정립했다. 그리고 적극적으로 모더니즘을 내세우며, 평론 활동과 창작 활동을 하였다. 1930년대 후반, 김기림의 문학적 주장은 과거의 감상적 문학에 대한 비판과 새 시대의 새롭고 건강한 문학에 대한 강조로 요약된다. 그는 과거의 시들이 병약한 감상에 사로잡혀 허무주의로 흐르고 있다고 지적하고, 이에서 벗어나기 위해 건강하고 명랑한 〈오전의 시론〉을 가져야 한다고 주장했다. 이는 근대 문명에 대한 김기림의 동경과 신뢰에서 비롯된 것이다.

그러나 김기림은 근대 문명을 비판하기도 했다. 한편으로 근대 문명을 동경하면서도 또 한편으로는 물질주의와 비인간화 그리고 전쟁과 혼란이 가득한 현대 사회를 신랄하게 비판하고 풍자했다. 첫 시집 『기상도』는 근대 문명에 대한 동경과 비판을 함께 보여 주었다. 그는 서구의 근대 문물을 동경하면서 동시에 서구 모더니즘 문학과 지성들이 보여 주는 근대 문명에 대한 비판에도 관심을 기울였다. 이러한 김기림의 이중적 태도는 후진국 지식인으로서의 한계였다고 할 수 있다.

해방 후, 김기림은 새로운 사회를 건설하기 위한 지성인으로서의 노력을 기울였다. 그는 시와 평론을 통하여 그 시대의 소명이 무엇인지를 밝히고, 문학의 사회적 역할을 강조했다. 시집 『새노래』는 새로운 국가 건설을 위한 강하고 희망찬 의지를 노래하였다. 그런가 하면 새로운 국가를 건설하는 데는 문학이나 교육뿐 아니라 과학의 발전이 있어야 된다는 생각에서 『과학개론』을 번역하여 출간하기도 했다. 해방 공간에서 김기림만큼 활발한 저술 활동을 펼친 지식인은 흔치 않다.

김기림이 추구했던 모더니즘 문학은 낭만주의의 감상성과 경향문학의 정치적 관념성을 부정하고 새로운 문학을 건설하고자 하는 것이다. 그러나 그가 주장한 모더니즘의 궁극적인 목표는 새로운 문학에 그치는 것이 아니라 새로운 사회의 건설에 있다. 그는 합리적 지성과 근대 과학 문명을 통해서 활기차고 건강한 사회를 건설해야 한다고 생각했던, 근대적 계몽주의자였다. 김기림은 이러한 자신의 주장을 펼치는 평론과 시론을 발표하였고 또 그에 따라 건강하고 명랑한 어조와 상상력의 시들을 발표하였다. 『태양의 풍속』에 수록된 시들도 대부분 그러하다.

『태양의 풍속』은 1936년에 출간된 장시 『기상도』에 이은 두 번째 시집으로 1939년에 학예사에서 발간되었다. 「어떤 친한 〈시의 벗〉에게」라는 저자 서문과 함께, 1930년 『조선일보』에 발표된 첫 작품을 비롯한 그의 초기시 91편이 실려 있다. 정가는 1원 30전이었다. 첫 작품의 제목인 「가거라 새로운 생활로」에서 알 수 있듯이 김기림 문학의 출발은 〈새로운 생활〉에 대한 동경과 지향이라고 할 수 있다. 과거의 어둡고 정체된 생활을 버리고 밝고 건강한 생활을 새로 찾아야 한다고 주장한다. 김기림은 『태양의 풍속』의 서문에서 〈비만(肥滿)하고 노둔(魯鈍)한 오후의 예의〉와 〈동양적 적멸〉, 〈무절제한 감상의 배설〉과 〈탄식〉에 대한 결별의 의지를 밝히고 있다. 그 대신 〈어족과 같이 신선하고 깃발과 같이 활발하고 표범과 같이 대담하고 바다와 같이 명랑하고 선인장과 같이 건강한 태양의 풍속을 배우자〉고 주장한다. 그 새로운 세계는 오전의 세계이며, 태양의 세계이다. 『태양의 풍속』이란 제목이 뜻하는 바도 바로 이것이다.

그러나 김기림이 배우고자 했던 태양의 풍속이란 서구의 근대 문명을 뜻하는 것이었다. 다시 말해 김기림이 추구했던 새로운 생활의 풍속 또는 태양의 풍속은 서구의 근대 문명을 뜻하는 것이라고 할 수 있다. 시집 『태양의 풍속』에 실려 있는 많은 시들은 전통에 대한 강한 거부와 서구 문명에 대한 동경을 보여 주고 있다.

한편, 김기림은 서구 이미지스트들의 영향을 받아 시의 음악성보다 회화성을 강조했다. 그는 감정의 노출을 피하고, 인상적인 이미지들을 통해서 시적 의미를 전달하고자 했다. 그리고 과거의 문학이 감상과 감정의 과잉이라고 비판하고 그 대신 지적인 상상력과 지성적인 태도를 강조하였다. 이에 따라 『태양의 풍속』의 시들은 대개가 지적인 유희에 가까운 기발한 착상이나 회화적인 이미지를 즐겨 보여 준다. 이런 것들은 근대 문명적 소재들과 더불어 새로운 느낌을 주는 것임이 분명하다. 그러나 그 새로운 시적 공간은 유희적인 신기함과 기발함을 줄 뿐이고 현실에 뿌리를 내린 것이 되지 못하여 공허한 느낌을 주기도 한다.

그는 자신이 주장한 시론을 시 창작에서 실천하고자 했지만, 그의 시들은 논리를 넘어선 실질을 얻지 못한 것으로 보인다. 그리고 자신의 시론을 연습하는 듯한 그의 시작 태도는 비슷한 작품들을 양산하면서 관념적이고 타성에 젖은 시적 결과를 낳기도 하였다.

그러나 김기림은 한국 현대문학사에서 가장 뚜렷하고 일관된 관점을 지니고 근대문학의 새로운 방향을 제시하였으며, 『태양의 풍속』은 그의 시론과 시적 새로움을 확인시켜 주는 시집이다. 『태양의 풍속』이 보여 주는 지적인 태도와 기발한 상상력과 인상적인 이미지들은 이전의 시들과는 전혀 다른 모습을 보여 주었고 이후 한국문학에서 하나의 새로운 흐름을 형성하였다.

이남호(고려대학교 명예교수)

편자의 말

한국 현대시를 대표할 만한 시집들의 초간본을 다시 출간하는 일은 과거를 오늘에 되살리는 일이라기보다는 점점 과거 속으로 사라져 가는 것에 새로운 생명을 부여하여 여전히 오늘의 것이 되게 하는 일이라고 생각한다. 한국 현대시 100년의 역사는 많은 훌륭한 시집을 남겼다. 많은 훌륭한 시집들이 모여서 한국 현대시 100년의 풍요를 이루었다고 말할 수도 있다. 그러한 시집들을 계속 살아 있게 하는 일은 시를 사랑하는 사람의 의무일 것이다.

그러나 이러한 작업은 겉으로 드러나지 않는 수고와 신중함을 많이 요구한다. 첫째는 대표 시인을 선정하는 어려움이다. 수많은 시집들을 편견 없이 재검토해야 하는 수고도 수고지만, 선정과 배제의 경계에 있는 시집들에 대해서는 많은 망설임과 논의가 있어야 했다. 대표 시인 선정 작업이 높은 안목과 보편타당한 기준에 의해서 이루어졌는지는 시간을 두고 전문 독자들에 의해서 판단될 것이다.

두 번째 어려움은 표기에 관련된 것이다. 사실 20세기 전반기의 우리 출판과 한글 표기법의 수준은 보잘것없다.

맞춤법, 띄어쓰기, 행 가름, 연 가름 등에는 혼란스러운 곳이 많고 오식으로 보이는 부분들도 많다. 그것들은 오늘날의 독자들에게 혼란과 거북함을 줄 뿐만 아니라, 작품의 이해를 방해하기도 한다. 그리고 다른 지면에 인용될 때마다 표기가 달라지는 결과를 낳기도 한다. 근대 초기의 많은 문학 작품들을 오늘날의 표기법으로 잘 고쳐서 결정본을 확정 짓는 작업이 시급하다고 할 수 있다. 이러한 생각에서 시적 효과를 지나치게 훼손하지 않는 범위 안에서 표기를 오늘에 맞게 고쳤다. 그러나 시의 속성상 표기를 고치는 일은 조심스럽지 않을 수 없다. 단어 하나, 표현 하나마다 시적 효과와 현재의 표기법 그리고 일관성을 고려해서 번역 아닌 번역 작업을 해야 했다. 이러한 작업이 원문의 분위기를 어느 정도 훼손하는 것은 어쩔 수 없었다. 또 어떻게 고쳐야 할지 판단이 서지 않는 부분도 꽤 있었다. 어쩌면 표기와 관련해서 노력한 만큼의 성과를 얻지 못했는지도 모른다. 그러나 이러한 작업의 축적을 통해서 작품의 결정본을 만들어 나갈 수 있을 것이며, 또한 오늘의 독자에게 친숙한 작품이 될 수 있을 것이다.

초간본의 재출간 아이디어를 최초로 낸 사람은 열린책들의 홍지웅 사장이다. 그분의 남다른 문학 사랑과 출판 감각 그리고 이 작업에 대한 전폭적인 지원에 존경심을 표하고 싶다. 그리고 시집 선정과 표기 수정 및 기타 작업은 이혜원, 신지연, 하재연 선생과 팀을 이루어 했다. 이분들의 꼼꼼함과 성실함에도 존경심을 표하고 싶다. 이 총서가 문학 연구자들뿐만 아니라 일반 독자들에게도 널리 그리고 오래 사랑받기를 바란다.

이남호

한국 시집 초간본 100주년 기념판

태양의 풍속

지은이 김기림 김기림은 1908년 함경북도 학성에서 태어나 보성고보와 일본 니혼(日本) 대학에서 수학하였다. 1936년 첫 시집 『기상도』를 시작으로 『태양의 풍속』(1939), 『바다와 나비』(1946) 등의 시집을 펴냈다 조선문학가동맹에서 주도적인 활동을 했으며 이후 한국문학가협회 정식 회원으로 활동하며 『시의 이해』(1949) 등을 펴냈다. 6·25 때 납북되었다.

지은이 김기림 **책임편집** 이남호 **발행인** 홍예빈 · 홍유진
발행처 주식회사 열린책들 **주소** 경기도 파주시 문발로 253 파주출판도시
전화 031-955-4000 **팩스** 031-955-4004 **홈페이지** www.openbooks.co.kr

ISBN 978-89-329-2226-3 04810 **ISBN** 978-89-329-2210-2 (세트)
발행일 2022년 3월 25일 초간본 100주년 기념판 1쇄

초간본 간기(刊記) 인쇄 쇼와(昭和) 14년 9월 20일 **발행** 쇼와 14년 9월 25일 **정가** 1원 30전 경성부 이화정 112번지 **발행자** 최남주(경성부 종로 2정목 91번지) **인쇄소** 한성도서주식회사 (경성부 견지정 32번지) **발행소** 학예사(경성부 종로 2정목 야소비르내) 진체(振替) 경성 16164번